U0675830

冯至　著

十四行集

冯至

三

文存

天津出版传媒集团

天津人民出版社

图书在版编目（CIP）数据

十四行集 / 冯至著 . — 天津 : 天津人民出版社，
2022.3

（冯至文存）

ISBN 978-7-201-18074-8

Ⅰ.①十… Ⅱ.①冯… Ⅲ.①诗集 – 中国 – 当代
Ⅳ.①I227

中国版本图书馆 CIP 数据核字 (2021) 第 279276 号

十四行集
SHISIHANG JI

出　　版	天津人民出版社	
出 版 人	刘　庆	
地　　址	天津市和平区西康路 35 号康岳大厦	
邮政编码	300051	
邮购电话	（022）23332469	
电子信箱	reader@tjrmcbs.com	

责任编辑	李　荣	
装帧设计	今亮後聲 HOPESOUND · 张今亮 欧阳倩文 核漫 2580590616@qq.com	

印　　刷	北京金特印刷有限责任公司	
经　　销	新华书店	
开　　本	880 毫米 × 1230 毫米　1/32	
印　　张	3.75	
字　　数	120 千字	
版次印次	2022 年 3 月第 1 版　2022 年 3 月第 1 次印刷	
定　　价	28.00 元	

● 如何收听《十四行集》全本有声书？

① 微信扫描左边的二维码关注"领读文化"公众号。

② 后台回复【十四行集】，即可获取兑换券。

③ 扫描兑换券二维码，免费兑换全本有声书。

● 去哪里查看已购买的有声书？

方法 ①

兑换成功后，收藏已购有声书专栏，

即可在微信收藏列表中找到已购有声书。

方法 ②

在"领读文化"公众号菜单栏点击"我的课程"，

即可找到已购有声书。

目 录

出版说明……………………………………… *01*

《十四行集》序 ……………………………… *03*

十四行二十七首

一 我们准备着………………………… *002*

二 什么能从我们身上脱落……………… *003*

三 有加利树…………………………… *004*

四 鼠曲草……………………………… *005*

五 威尼斯……………………………… *007*

六 原野的哭声………………………… *008*

七 我们来到郊外……………………… *009*

八 一个旧日的梦想…………………… *011*

九 给一个战士………………………… *012*

十 蔡元培……………………………… *013*

十一 鲁迅……………………………… *015*

十二 杜甫……………………………… *017*

十三 歌德……………………………… *018*

十四　画家梵高……………………………………… 019

十五　看这一队队的驮马…………………………… 020

十六　我们站立在高高的山巅……………………… 021

十七　原野的小路…………………………………… 022

十八　我们有时度过一个亲密的夜………………… 023

十九　别离…………………………………………… 024

二十　有多少面容，有多少语声…………………… 025

二一　我们听着狂风里的暴雨……………………… 026

二二　深夜又是深山………………………………… 027

二三　几只初生的小狗……………………………… 028

二四　这里几千年前………………………………… 029

二五　案头摆设着用具……………………………… 030

二六　我们天天走着一条小路……………………… 031

二七　从一片泛滥无形的水里……………………… 032

附诗

我只能……………………………………………… 034

无花果……………………………………………… 036

湖滨………………………………………………… 037

迟迟………………………………………………… 039

桥·······················040

雪中·····················041

什么能够使你欢喜···········043

饥兽·····················044

希望·····················046

北游·····················047

思量·····················073

听 ——···················075

艰难的工作···············076

夜半·····················079

月下欢歌·················081

暮春的花园···············084

南方的夜·················087

等待·····················089

无眠的夜半···············090

歌······················091

给秋心（四首）···········092

歧路·····················095

我们的时代···············097

招魂·····················102

出版说明

《十四行集》1942 年 5 月于桂林明日出版社初版，原附杂诗六首。1949 年 1 月于上海文化生活出版社再版，附杂诗四首，并增序言一篇（见《十四行集》序）。

原《十四行集》二十七首诗只有序号而无标题，编入《冯至诗选》时加上标题。

本集除《十四行集》外，依然收录上述杂诗及《北游及其他》。

《十四行集》

序

1941 年我住在昆明附近的一座山里，每星期要进城两次，十五里的路程，走去走回，是很好的散步。一人在山径上、田埂间，总不免要看，要想，看的好像比往日看的格外多，想的也比往日想的格外丰富。那时，我早已不惯于写诗了，——从 1930 到 1940 十年内我写的诗总计也不过十来首，——但是有一次，在一个冬天的下午，望着几架银色的飞机在蓝得像结晶体一般的天空里飞翔，想到古人的鹏鸟梦，我就随着脚步的节奏，信口说出一首有韵的诗，回家写在纸上，正巧是一首变体的十四行。这是诗集里的第八首，是最早也是最生涩的一首，因为我是那样久不曾写诗了。

　　这开端是偶然的，但是自己的内心里渐渐感到一个要求：有些体验，永远在我脑里再现，有些人物，我不断地从他们那里吸收养分，有些自然现象，它们给我许多启示。我为什么不给他们留下一些感谢的纪念呢？由于这个念头，于是从历史上不朽的人物到无名的村童农妇，从远方的千古的名城到山坡上的飞虫小草，从个人的一小段生活到许多人共同的遭遇，凡是和我的生命发生深切的关联的，对于每件事物我都写出一首诗：有时一天写出两三首，有时写出半首便搁浅了，过了一个长久的时间才能续成。这样一共写了二十七首。到秋天生了一场大病，病后孑然一身，好像一无所有，但等到体力渐渐恢复，取出这二十七首诗重新整理誊录时，精神上感到一种轻松，因为我满足了那个要求。

至于我采用了十四行体，并没有想把这个形式移植到中国来的用意，纯然是为了自己的方便。我用这形式，只因为这形式帮助了我。正如李广田在论《十四行集》时所说的，"由于它的层层上升而又下降，渐渐集中而又解开，以及它的错综而又整齐，它的韵法之穿来而又插去"，它正宜于表现我要表现的事物；它不曾限制了我活动的思想，而是把我的思想接过来，给一个适当的安排。

如今距离我起始写十四行时已经整整七年，北平的天空和昆明的是同样蓝得像结晶体一般，天空里仍然时常看见银色的飞机飞过，但对着这景象再也不能想到古人的鹏鸟梦，而想到的却是银色飞机在地上造成的苦难。可是看见几个降生不久的小狗，仍然要情不自禁地说出一句：

你们在深夜吠出光明。

在纷杂而又不真实的社会里更要说出这迫切的祈求：

给我狭窄的心

一个大的宇宙！

一本诗本来应该和一座雕刻或一幅画一样，除去它本身外不需要其他的说明，所以这个集子于 1942 年在桂林明日社初版时，集前集后并没有序或跋一类的文字。如今再版，我感到有略加说明的必要。所要说明的，就是上边的这几句话。

1948 年 2 月 5 日北平

原载 1948 年 8 月《中国新诗》第 3 期，题为《〈十四行诗〉再版序》，初收《十四行集》1949 年 1 月版，改题为《序》，后曾编入《冯至诗选》《冯至选集》。此据《冯至选集》编入。

十四行二十七首

1941 年写于昆明

我们准备着

我们准备着深深地领受
那些意想不到的奇迹，
在漫长的岁月里忽然有
彗星的出现，狂风乍起：

我们的生命在这一瞬间，
仿佛在第一次的拥抱里
过去的悲欢忽然在眼前
凝结成屹然不动的形体。

我们赞颂那些小昆虫，
它们经过了一次交媾
或是抵御了一次危险，

便结束它们美妙的一生。
我们整个的生命在承受
狂风乍起，彗星的出现。

二　　　　　　　什么能从我们身上脱落

什么能从我们身上脱落，
我们都让它化作尘埃：
我们安排我们在这时代
像秋日的树木，一棵棵

把树叶和些过迟的花朵
都交给秋风，好舒开树身
伸入严冬；我们安排我们
在自然里，像蜕化的蝉蛾

把残壳都丢在泥里土里；
我们把我们安排给那个
未来的死亡，像一段歌曲，

歌声从音乐的身上脱落，
归终剩下了音乐的身躯
化作一脉的青山默默。

三　　　　　有加利树

你秋风里萧萧的玉树 ——
是一片音乐在我耳旁
筑起一座严肃的庙堂，
让我小心翼翼地走入；

又是插入晴空的高塔
在我的面前高高耸起，
有如一个圣者的身体，
升华了全城市的喧哗。

你无时不脱你的躯壳，
凋零里只看着你生长；
在阡陌纵横的田野上

我把你看成我的引导：
祝你永生，我愿一步步
化身为你根下的泥土。

四　　　鼠曲草 ①

我常常想到人的一生，
便不由得要向你祈祷。
你一丛白茸茸的小草
不曾辜负了一个名称；

但你躲避着一切名称，
过一个渺小的生活，
不辜负高贵和洁白，
默默地成就你的死生。

一切的形容、一切喧嚣
到你身边，有的就凋落，
有的化成了你的静默：

---

① 鼠曲草在欧洲几种不同的语言里都称作 Edelweiss，源于
德语，可译为贵白草。

这是你伟大的骄傲

却在你的否定里完成。

我向你祈祷，为了人生。

五　　　　　　威尼斯

我永远不会忘记
西方的那座水城，
它是个人世的象征，
千百个寂寞的集体。

一个寂寞是一座岛，
一座座都结成朋友。
当你向我拉一拉手，
便像一座水上的桥；

当你向我笑一笑，
便像是对面岛上
忽然开了一扇楼窗。

只担心夜深静悄，
楼上的窗儿关闭，
桥上也断了人迹。

六　　　　　原野的哭声

我时常看见在原野里
一个村童，或一个农妇
向着无语的晴空啼哭，
是为了一个惩罚，可是

为了一个玩具的毁弃？
是为了丈夫的死亡，
可是为了儿子的病创？
啼哭得那样没有停息，

像整个的生命都嵌在
一个框子里，在框子外
没有人生，也没有世界。

我觉得他们好像从古来
就一任眼泪不住地流
为了一个绝望的宇宙。

七　　　　　　我们来到郊外①

和暖的阳光内
我们来到郊外，
像不同的河水
融成一片大海。

有同样的警醒
在我们的心头，
是同样的运命
在我们的肩头。

要爱惜这个警醒，
要爱惜这个运命，
不要到危险过去，

---

① 敌机空袭警报时，昆明的市民都躲到郊外。

那些分歧的街衢
又把我们吸回，
海水分成河水。

八　　　　　　　一个旧日的梦想

是一个旧日的梦想，
眼前的人世太纷杂，
想依附着鹏鸟飞翔
去和宁静的星辰谈话。

千年的梦像个老人
期待着最好的儿孙 ——
如今有人飞向星辰，
却忘不了人世的纷纭。

他们常常为了学习
怎样运行，怎样降落，
好把星秩序排在人间，

便光一般投身空际。
如今那旧梦却化作
远水荒山的陨石一片。

九　　　给一个战士

你长年在生死的边缘生长，
一旦你回到这堕落的城中，
听着这市上的愚蠢的歌唱，
你会像是一个古代的英雄

在千百年后他忽然回来，
从些变质的堕落的子孙
寻不出一些盛年的姿态，
他会出乎意外，感到眩昏。

你在战场上，像不朽的英雄
在另一个世界永向苍穹，
归终成为一支断线的纸鸢：

但是这个命运你不要埋怨，
你超越了他们，他们已不能
维系住你的向上，你的旷远。

十　　　　　蔡元培①

你的姓名，常常排列在
许多的名姓里边，并没有
什么两样，但是你却永久
暗自保持住自己的光彩；

我们只在黎明和黄昏
认识了你是长庚，是启明，
到夜半你和一般的星星
也没有区分：多少青年人

赖你宁静的启示才得到
正当的死生。 如今你死了，
我们深深感到，你已不能

_____

① 写于一九四一年三月五日，这天是蔡元培逝世一周年纪
念日。

参加人类的将来的工作 ——
如果这个世界能够复活，
歪扭的事能够重新调整。

十一　　鲁迅

在许多年前的一个黄昏
你为几个青年感到一觉[①]；
你不知经验过多少幻灭，
但是那一觉却永不消沉。

我永远怀着感谢的深情
望着你，为了我们的时代：
它被些愚蠢的人们毁坏
可是它的维护人却一生

被摒弃在这个世界以外 ——
你有几回望出一线光明，
转过头来又有乌云遮盖。

———————————

① 鲁迅《野草》中最后一篇是《一觉》。

你走完了你艰苦的行程，

艰苦中只有路旁的小草

曾经引出你希望的微笑。

十二　　　　杜甫

你在荒村里忍受饥肠，
你常常想到死填沟壑，
你却不断地唱着哀歌
为了人间壮美的沦亡：

战场上健儿的死伤，
天边有明星的陨落，
万匹马随着浮云消没……
你一生是他们的祭享。

你的贫穷在闪烁发光
像一件圣者的烂衣裳，
就是一丝一缕在人间

也有无穷的神的力量。
一切冠盖在它的光前
只照出来可怜的形象。

十三　　　歌德

你生长在平凡的市民的家庭，
你为过许多平凡的事物感叹，
你却写出许多不平凡的诗篇；
你八十年的岁月是那样平静，

好像宇宙在那儿寂寞地运行，
但是不曾有一分一秒的停息，
随时随处都演化出新的生机，
不管风风雨雨，或是日朗天晴。

从沉重的病中换来新的健康，
从绝望的爱里换来新的营养，
你知道飞蛾为什么投向火焰，

蛇为什么蜕去旧皮才能生长；
万物都在享用你的那句名言，
它道破一切生的意义："死和变。"

十四　　　　画家梵高

你的热情到处燃起火，
你燃着了向日的黄花，
燃着了浓郁的扁柏，
燃着了行人在烈日下——

他们都是那样热烘烘
向着高处呼吁的火焰；
但是背阴处几点花红，
监狱里的一个小院，

几个贫穷的人低着头
在贫穷的房里剥土豆，
却像是永不消融的冰块。

这中间你画了吊桥，
画了轻盈的船：你可要
把些不幸者迎接过来？

十五　　　　看这一队队的驮马

看这一队队的驮马
驮来了远方的货物，
水也会冲来一些泥沙
从些不知名的远处，

风从千万里外也会
掠来些他乡的叹息；
我们走过无数的山水，
随时占有，随时又放弃，

仿佛鸟飞翔在空中，
它随时都管领太空，
随时都感到一无所有。

什么是我们的实在？
从远方把些事物带来，
从面前把些事物带走。

十六　　　　我们站立在高高的山巅

我们站立在高高的山巅
化身为一望无边的远景，
化成面前的广漠的平原，
化成平原上交错的蹊径。

哪条路、哪道水，没有关联，
哪阵风、哪片云，没有呼应：
我们走过的城市、山川，
都化成了我们的生命。

我们的生长、我们的忧愁
是某某山坡的一棵松树，
是某某城上的一片浓雾；

我们随着风吹，随着水流，
化成平原上交错的蹊径，
化成蹊径上行人的生命。

十七　　　　原野的小路

你说，你最爱看这原野里
一条条充满生命的小路，
是多少无名行人的步履
踏出来这些活泼的道路。

在我们心灵的原野里
也有几条宛转的小路，
但曾经在路上走过的
行人多半已不知去处：

寂寞的儿童、白发的夫妇，
还有些年纪轻轻的男女，
还有死去的朋友，他们都

给我们踏出来这些道路；
我们纪念着他们的步履
不要荒芜了这几条小路。

十八　　　　　　　我们有时度过一个亲密的夜

我们有时度过一个亲密的夜
在一间生疏的房里，它白昼时
是什么模样，我们都无从认识，
更不必说它的过去未来。原野——

一望无边地在我们窗外展开，
我们只依稀地记得在黄昏时
来的道路，便算是对它的认识，
明天走后，我们也不再回来。

闭上眼吧！让那些亲密的夜
和生疏的地方织在我们心里：
我们的生命像那窗外的原野，

我们在朦胧的原野上认出来
一棵树、一闪湖光、它一望无际
藏着忘却的过去、隐约的将来。

十九　　　别离

我们招一招手，随着别离
我们的世界便分成两个，
身边感到冷，眼前忽然辽阔，
像刚刚降生的两个婴儿。

啊，一次别离，一次降生，
我们担负着工作的辛苦，
把冷的变成暖，生的变成熟，
各自把个人的世界耘耕，

为了再见，好像初次相逢，
怀着感谢的情怀想过去，
像初晤面时忽然感到前生。

一生里有几回春几回冬，
我们只感受时序的轮替，
感受不到人间规定的年龄。

二十　　　　有多少面容，有多少语声

有多少面容，有多少语声
在我们梦里是这般真切，
不管是亲密的还是陌生：
是我自己的生命的分裂，

可是融合了许多的生命，
在融合后开了花，结了果？
谁能把自己的生命把定
对着这茫茫如水的夜色，

谁能让他的语声和面容
只在些亲密的梦里萦回？
我们不知已经有多少回

被映在一个辽远的天空，
给船夫或沙漠里的行人
添了些新鲜的梦的养分。

二一　　　　　　　我们听着狂风里的暴雨

我们听着狂风里的暴雨，
我们在灯光下这样孤单，
我们在这小小的茅屋里
就是和我们用具的中间

也有了千里万里的距离：
铜炉在向往深山的矿苗
瓷壶在向往江边的陶泥，
它们都像风雨中的飞鸟

各自东西。 我们紧紧抱住，
好像自身也都不能自主。
狂风把一切都吹入高空，

暴雨把一切又淋入泥土，
只剩下这点微弱的灯红
在证实我们生命的暂住。

二二　　　　　深夜又是深山

深夜又是深山，
听着夜雨沉沉。
十里外的山村、
念里外的市廛，

它们可还存在？
十年前的山川、
念年前的梦幻，
都在雨里沉埋。

四围这样狭窄，
好像回到母胎；
我在深夜祈求

用迫切的声音：
"给我狭窄的心
一个大的宇宙！"

二三　　　几只初生的小狗

接连落了半月的雨，
你们自从降生以来，
就只知道潮湿阴郁。
一天雨云忽然散开，

太阳光照满了墙壁，
我看见你们的母亲
把你们衔到阳光里，
让你们用你们全身

第一次领受光和暖，
日落了，又衔你们回去。
你们不会有记忆，

但是这一次的经验
会融入将来的吠声，
你们在深夜吠出光明。

二四　　　　　　这里几千年前

这里几千年前
处处好像已经
有我们的生命；
我们未降生前

一个歌声已经
从变幻的天空，
从绿草和青松
唱我们的运命。

我们忧患重重，
这里怎么竟会
听到这样歌声？

看那小的飞虫，
在它的飞翔内
时时都是新生。

案头摆设着用具

案头摆设着用具，
架上陈列着书籍，
终日在些静物里
我们不住地思虑。

言语里没有歌声，
举动里没有舞蹈，
空空问窗外飞鸟
为什么振翼凌空。

只有睡着的身体，
夜静时起了韵律：
空气在身内游戏，

海盐在血里游戏 ——
睡梦里好像听得到
天和海向我们呼叫。

二六　　　　我们天天走着一条小路

我们天天走着一条熟路
回到我们居住的地方；
但是在这林里面还隐藏
许多小路，又深邃、又生疏。

走一条生的，便有些心慌，
怕越走越远，走入迷途，
但不知不觉从树疏处
忽然望见我们住的地方，

像座新的岛屿呈在天边。
我们的身边有多少事物
向我们要求新的发现：

不要觉得一切都已熟悉，
到死时抚摸自己的发肤
生了疑问：这是谁的身体？

二七　　　　　从一片泛滥无形的水里

从一片泛滥无形的水里
取水人取来椭圆的一瓶，
这点水就得到一个定型；
看，在秋风里飘扬的风旗，

它把住些把不住的事体，
让远方的光、远方的黑夜
和些远方的草木的荣谢，
还有个奔向远方的心意，

都保留一些在这面旗上。
我们空空听过一夜风声，
空看了一天的草黄叶红，

向何处安排我们的思、想？
但愿这些诗像一面风旗
把住一些把不住的事体。

附诗

我只能······

1926

我只能歌唱，
歌唱这音乐的黄昏 ——
它是空际的游丝，
它是水上的浮萍，
它是风中的黄叶，
它是残絮的飘零：
轻飘飘，没有爱情，
轻飘飘，没有生命！

我也能演奏，
演奏这夜半的音乐 ——
拉琴的是窗外的寒风，
独唱的是心头的微跳，
没有一个听众，
除了我自己的魂灵：
死沉沉，没有爱情，
死沉沉，没有生命！

我怎样才能谱出

正午的一套大曲 ——

有红花，有绿叶，有太阳，

有希望，有失望，有幻想，

有坟墓，有婚筵，

有生产，有死亡：

欢腾腾，都是爱情，

欢腾腾，都是生命！

无花果

1926

看这阴暗的、棕绿的果实，
它从不曾开过绯红的花朵，
正如我思念你，写出许多诗句，
我们却不曾花一般地爱过。

若想尝，就请尝一尝吧！
比不起你喜爱的桃梨苹果；
我的诗也没有悦耳的声音，
读起来，舌根都会感到生涩。

湖滨

1926

眼前闪烁着天国的晴朗，
心里蕴积着地狱的阴森；
是怎样一种哀凉的情绪，
把我引到了这夜半的湖滨？
凝聚着这样深沉的衷曲，
是这样一片宁静的湖心。

世界早已不是乐园，
人生是一座广大的牢狱；
我日日夜夜高筑我的狱墙，
我日日夜夜不能停息，
我却又日日夜夜地思量，
怎样才能从这狱中逃去？

心里的火熊熊地燃起，
眼前的光又点点地逼近，
它们也不肯随着落月销沉，

纵使我把满湖的湖水吸尽。

"朋友，你不要焦闷，

来日啊，还有更强烈的烧焚"。

迟迟

1926

落日再也没有片刻的淹留，

夜已经赶到了，在我们身后。

万事匆匆地，你能不能答我一句？

我问你 ——

你却总是迟迟地，不肯开口。

泪从我的眼内苦苦地流；

夜已经赶过了，赶过我的眉头。

它把我面前的一切都淹没了；

我问你 ——

你却总是迟迟地，不肯开口。

现在无论怎样快快地走，

也追不上了，方才的黄昏时候。

歧路上是分开呢，还是一同走去？

我问你 ——

你却总是迟迟地，不肯开口。

桥

1926

"你同她的隔离是海一样地宽广。"
"纵使是海一样地宽广，
我也要日夜搬运着灰色的砖泥，
在海上建筑起一座桥梁。"

"百万年恐怕这座桥也不能筑起。"
"但我愿在几十年内搬运不停，
我不能空空地怅望着彼岸的奇彩，
度过这样长、这样长久的一生。"

雪中

1926

感谢上帝呀，画出来这样的画图，
在这寂寞的路旁，画上了我们两个；
雪花儿是梦一样地缤纷，
中间更添上一道僵冻的小河。

我怀里是灰色的、岁暮的感伤，
你面上却浮荡着绯色的春光 ——
我暗自思量啊，如果画图中也有声音，
我心里一定要迸出来："亲爱的姑娘！"

你是深深地懂得我的深意，
你却淡淡地没有一言半语；
一任远远近近的有情无情，
都无主地飘蓬在风里雪里。

最后我再也忍不住这样的静默，
用我心里唯一的声音把画图撕破。

雪花儿还是梦一样地迷蒙，

在迷蒙中再也分不清楚你我。

什么能够使你欢喜

1926

你怎么总不肯给我一点笑声，
到底是什么声音能够使你欢喜？
如果是雨啊，我的泪珠儿也流了许多；
如果是风呢，我也常秋风一般地叹气。
你可真像是那古代的骄傲的美女，
专爱听裂帛的声息——
啊，我的时光本也是有用的彩绸一匹，
我为着期待你，已把它扯成了千丝万缕！

你怎么总不肯给我一点笑声，
到底是什么东西能够使你欢喜？
如果是花啊，我的心也是花一般地开着；
如果是水呢，我的眼睛也不是一湾死水。
你可真像是那古代的骄傲的美女，
专爱看烽火的游戏——
啊，我心中的烽火早已高高地为你燃起，
燃得全身的血液奔腾，日夜都不得安息！

饥兽

1927

我寻求着血的食物，
疯狂地在野地奔驰。
胃的饥饿、血的缺乏、眼的渴望，
使一切的景色在我的面前迷离。

我跑上了高山，
尽量地向着四方眺望；
我恨不能化作高空里的苍鹰，
因为它的视线比我的更宽更广。

我跑到了水滨，
我大声地呼叫；
水的彼岸是一片沙原，
我正好到那沙原上边奔跑。

我跑入森林里迷失了出路，
我心中是如此疑猜：

纵使找不到一件血的食物，怎么

也没有一支箭把我当作血的食物射来？

希望

1927

在山丘上松柏的荫中，

轻睡着一个旧的希望。

正如松柏是四季长青，

希望也不曾有过一次梦醒。

它虽是受伤的野兽一般

无力驰驱于四野的空旷，

我却愿长久地缓步山丘，

抚摸着这轻睡的旧的希望。

北游 [1]

他逆着凛冽的夜风，上了走向那大而黑
暗的都市，即人性和他们的悲痛之所在
的艰难的路。

——望蔼覃 [2]：《小约翰》

1928 年
1 月 1 日三时

1 前言

歧路上彷徨着一些流民歌女，

疏疏落落地是凄冷的歌吟；

人间啊，永远是这样穷秋的景象，

到处是贫乏的没有满足的声音。

我是一个远方的行客，

走入一座北方都市的中心。

窗外听不见鸟声的啼唤，

市外望不见蔚绿的树林；

天空点染着烟筒里冒出的浓雾，

---

① 在《冯至全集》中，冯至以杜甫的以下两句诗作为本辑
的题记：此身饮罢无归处，独立苍茫自咏诗。
② 望蔼覃（Van Eeden，1860—1932），荷兰作家，医生，
其名作《小约翰》为鲁迅所译。

街上响着车轮轧轧的噪音。

一任那冬天的雪花纷纷地落，

秋夜的雨丝洒洒地淋！

人人裹在黑色的外套里，

看他们的面色吧，阴沉，阴沉……

2 别

我离开那八百年的古城，

离开那里的翠柏苍松，

那里黄色的琉璃瓦顶

和那红色栏杆的小亭，

我只想长久地和它们告别，

把身体委托给另外的一个世界；

我明知我这一番的结果，

是把我的青春全盘消灭。

临行时只思念着一个生疏的客人，

他曾经抱着寂寞游遍全世，

我愿意叫他一声"我的先生"，

我愿听他给我讲述他的经历。

猛抬头，一条小河，水银一般，

婉婉转转地漂来了莲灯一盏，

清冷的月色使我忽然想起，

啊，今天是我忘掉了的中元。

我恨不能从我的车窗跳下，

我恨不能把莲灯捧在胸前。

月光是这样地宁静、空幻，

哪容我把来日的命运仔细盘算。

我只想把那莲灯吻了又吻，

把灯上的火焰吞了还吞，

它仿佛是谁人的派遣，

给我的生命递送几分殷勤。

终于呀，莲灯向着远方漂去，

火车载我走过了一座树林；

好像有个寂寞的面孔向我微笑，

它微笑的情调啊，阴沉，阴沉……

3 车中

我静静地倚靠着车窗，

把过去的事草草地思量。

回头看是一片荒原，

荒原里可曾开过一朵花，涌过一次泉？

我静静地倚靠着车窗，

把将来的事草草地思量，

前面看是嵯峨的高山，

可有一条狭径让我走，一座岩石供我攀？

我在这样的情况当中，

可真是和我的过去永久分手？

再也没有高高的城楼供我沉思，

再也没有荫凉的古松伴我饮酒；

如今的荒野里只有久经风霜的老槐，

它们在嘲笑着满车里孤零的朋友。

月亮圆圆地落，

晓风阵阵地吹，

这时地球真在骎骎地转，

车轮不住促促地催。

秦皇岛让我望见了一湾海水，

山海关让我望见了一角长城；

既不能到海中央去随着海鸥飞没，

也不能在万里长城上望一望万里途程。

匆匆地来，促促地去，什么也不能把定，

匆匆地来，促促地去，匆促的人生！

我从那夏的国里，

渐渐地走入秋天，

冷雨凄凄地洒，

层云叠叠地添。

水边再也没有依依的垂柳，

四野里望不见蔚绿的苍松，

在我面前有两件东西等着我：

阴沉沉的都市，暗淡淡的寒冬！

沉默笼罩了大地，

疲倦压倒了满车的客人。

谁的心里不隐埋着无声的悲剧，

谁的面上不重叠着几缕愁纹，

谁的脑里不盘算着他的希冀，

谁的衣上不着满了征尘。

我仿佛没有悲剧，也没有希冀，

只是呆呆地对着车窗，阴沉，阴沉……

4 哈尔滨

听那怪兽般的汽车，

在长街短道上肆意地驰跑，

瘦马拉着破烂的车，

高伸着脖子嗷嗷地呼叫。
犹太的银行，希腊的酒馆、
日本的浪人、白俄的妓院，
都聚在这不东不西的地方，
吐露出十二分的心足意满。
还有中国的市侩，
面上总是淫淫地嬉笑。
姨太太穿着异国的西装，
纸糊般的青年戴着皮瓜小帽，
太太的脚是放了还缠，
老爷的肚子是猪一样地肥饱。
在他们"幸福"的面前，
满街都洒遍了金银，
更有那全身都是毒菌的妓女，
戴着碗大的纸花摇荡在街心。
我像是游行地狱，
一步比一步深，
我不敢望那欲雨不雨的天空，
天空充满了阴沉，阴沉……

5 雨

接连下了三宵的寒雨，
顿觉得像是深秋天气。
我寂寞地打开我的行箧
我寂寞地捡起一件夹衣 ——
啊，真是隔世一般，像从古墓中
挖出来残骸余体。
这是我过去的青春吗，
上边可有我一点繁荣的痕迹？
神，请你多给我些雨一般的泪珠，
我愿把痕迹通通洗去。

昨日的春天已经到了芬芳的时刻，
满园的梨花都要开了，
今朝因为要换夹衣，
所以分外起得早。
心里充满了期待的情绪，
"夹衫乍著心情好！"
在清凉里我穿着这件夹衣，
不住地向着朝霞走去，
直到那血红的太阳涌出来，

我向着它深深地呼吸。

那时我体验了爱情，青春的爱情，

那时我体验了生命，青春的生命！

在清凉里我穿着这件夹衣，

傍着黄昏的池塘绕来绕去，

水里照映出新月一弯，

我向着它轻轻地叹息。

那时我体验了爱情，青春的爱情，

那时我体验了生命，青春的生命！

我穿着它拜访过初相识的友人，

紧握着一本写遍了命运的诗集，

凝望着天空朵朵的白云，

要把它们朵朵地揣在衣袋里。

如今衣袋里的"白云"都已无形消散，

幻想在我的面前一闪一闪地闪去……

空望着雨中的异地风光，

心中充满了怅惘的情绪。

情怀已经不似旧时，

怎当得起这旧日的衣裳，异乡的天气！

怎么几个月的隔离，

心情竟会这般差异？

仿佛是几十年的隔离，

心情竟有这般的差异!

走进来一位老实的客人 ——
"朋友啊，这件夹衣太短小，
我劝你再做一件。"
"我感谢你，感谢你的劝告。"
我像是荒林中的野兽
没有声息地死守荒林，
把这件夹衣当作天空的云彩，
我要披着它把旧梦追寻。
往日的遗痕，
往日的芬芳，
泪珠儿究竟不能雨一样地洗，
泪眼却是雨云一样地阴沉，阴沉……

6 公园

商店里陈列着新鲜的货品，
酒馆里沸腾着烟酒的奇香，
我仿佛在森林里迷失了路径，
"朋友呀! 你可愿在这里埋葬?"
我战兢兢走入公园，

满园里刮遍了秋风，

白杨的叶子在夕阳里闪，

我立在夕阳闪烁的当中。

园外是车声马声，

园内是笑声歌声，

我尽量地看，尽量地听，

终归是模糊不定，隔了一层。

我回忆起我的童年，

和宇宙是怎样地亲爱，

我能叫月姑娘的眉儿总是那样地弯，

我能叫太阳神的车轮不要那样地快。

现在呀，一切都同我疏远，

无论是日升月落，夏去秋来，

黄鹂再不在我的耳边鸣啭，

昏鸦远远地为我鸣哀。

一切都模糊不定，隔了一层，

把"自然！"呼了几遍，

把"人生！"叫了几声。

我是这样地虚飘无力，

何处是我生命的途程？

我敬爱

那样的先生 ——

他能沉默而不死，

永远做一个无名的英雄；

但是我只能在沉默中死去，

无名而不是英雄。

我崇拜

伟大的导师 ——

使我们人类跌而复起，

使我们人类死而复生，

使我们不与草木同腐，

风雨后他总给我们燃起一盏明灯；

无奈我的眼光是那样的薄弱，

风雨里看不出一点光明。

我羡慕

为热情死去的少女少男 ——

在人的心上

留了些美的忆念。

啊，我一切都不能，

我只能这样呆呆地张望，

望着市上来来往往的人们，

人人的肩上担着个天大的空虚，

此外便是一望无边的阴沉，阴沉……

7 咖啡馆

漫漫的长夜，
再也杀不出这黑暗的重围，
多少古哲先贤不能给我一字的指导，
他们和我可是一样地愚昧？
已经没有一点声音，
啊，窗外的雨声又在我的耳边作祟。

去，去，披上我的外衣，
不管风是怎样暴，雨是怎样狂，
哪怕是坟地上的鬼火呢，
我也要找出来一粒光芒。

街灯似乎都灭了，
满路上都是泞泥，
我的心灯就不曾燃起，
满心里也是泞泥。
路上的泞泥会有人扫除，
心上的泞泥却无法处理。

我走入一座咖啡馆，

里边炫耀着彩色的灯罩，

没有风也没有雨了，

只有小歌曲伴着简单的音乐。

我望着那白衣的侍女，

我躲避着她在没有人的一角；

她终于走到我的身边，

我终于不能不对她微笑：

"异乡的女子，我来到这里，

并不是为了酒浆，

只因我心中有铲不尽的泞泥，

我的衣袋里有多余的纸币一张。"

我望着她一副不知愁的面貌，

她把酒不住缓缓地斟，

我的心并不曾感到一点轻松，

只是越发加重了，阴沉，阴沉……

8 中秋

中秋节的夜里，家家充满了欢喜，

到处是麻雀牌的声息，

男的呼号，女的嬉笑，

大屋小室都是恶劣的烟气；

锣鼓的喧阗震破了天，

鸡鸭的残骸扔遍了地。

官僚、买办、投机的富豪，

都是一样地忘掉了自己。

他们不知道，背后有谁宰割，

他们的运命握在谁的手里。

女人只看见男人衣袋中的金钱，

男人只知道女人衣裙里的肉体。

我也参加了一家的宴会，

一个赭色面庞的男子向我呼叫：

"朋友啊，你来自北京，

请为大家唱一出慷慨淋漓的京调！"

我无言无语地谢绝了他，

我无言无语地离开了这座宴席，

我走出那热腾腾的蒸锅，

冰冷的月光浇得我浑身战栗。

我望着明月迟迟自语，

我到底要往哪里走去？

松花江上停泊着几只小艇，

松花江北的北边，该是什么景象？

向北望，是西伯利亚大陆，

风雪的故乡！

那里的人是怎样地在风雪里奋斗，

为了全人类做那勇敢的实验；

这里的人把猪圈当作乐园，

让他们和他们的子孙同归腐烂！

正如一人游泳在大海里，

一任那波浪的浮沉，

我坐在一只小艇上，

它把我载到了江心。

我像是一个溺在水里的儿童，

心知这一番再也不能望见母亲，

随波逐流地，意识还不曾消去，

还能隐隐地望见岸上的乡村：

在那浓绿的林中，

曾经期待过美妙的花精，

在那泥红的墙下，

曾经听过寺院里的钟声。

一扇扇地闪在他幼稚的面前，

他知道前面只是死了，没有生。

我只想就这样地在江心沉下，

像那天边不知名的一个流星；

把过去的事想了又想，

把心脉的跳动听了还听 ——

一切的情，一切的爱，

都像风吹江水，来去无踪。

生和死，是同样地秘密，

一个秘密的环把它们套在一起，

我在这秘密的环中，

解也解不开，跑也跑不出去。

我望着月光化做轻烟，

我信口唱出一些不成腔调的小曲，

这些小曲我不知从何处学来，

也不知要往哪儿唱去！

我望着宁静的江水，拊胸自问：

我生命的火焰可曾有几次烧焚？

在几次的烧焚里，

可曾有一次烧遍了全身？

二十年中可有过真正的欢欣？

可经过一次深沉的苦闷？

可曾有一刻把人生认定，

认定了一个方针？

可真正地读过一本书？

可真正地望过一次日月星辰？

欺骗自己，我可曾真正地认识

自己是怎样的一个人？

我全身的血管已经十分紊乱，

我脑里的神经也是充满纠纷；

低着头望那静默的江水，

江水是那样的阴沉，阴沉……

9 礼拜堂

我徘徊在礼拜堂前，

上帝早已失却了他的庄严。

夕阳里的钟声只有哀婉，

仿佛说，"我的荣华早已消散。"

钟声啊，你应该回忆，

回忆几百年前的情景：

那时谁听见你的声音不动了他的心，

谁听见你的声音不深深地反省：

老年人听见你的声音想到过去，

少年人听着你的声音想到他事业的前程，

慈母抱着幼儿听见你的声音，

便画着十字，"上帝呀，保祐我们！"

还有那飘流的游子，

寻求圣迹的僧人，

全凭你安慰他们，

安慰他们的孤寂、他们的黄昏。

如今，他们已经寻到了另一个真理，

这个真理并不是你所服务的上帝。

你既不能增长他们的悲哀，

也不能助长他们的欢喜；

他们要把你熔化，

铸成一把锄头，

去到田间耕地。

你躲在这无人过问的、世界的一角，

发出来这无人过问的、可怜的声息！

我徘徊在礼拜堂前，

巍巍的建筑好像化作了一片荒原。

乞丐拉着破提琴，

向来往的行人乞怜。

忽然喉咙颤动了，

伴着琴声，颤颤地歌唱。

凋零的朋友呵，我有什么勇气，

把你的命运想一想：

你也许曾经是人间的骄子，

时代的潮流把你淘成这样；

你也许是久经战场的健儿，

一旦负了重伤；

你也许为过爱情烦恼；

你也许为过真理发狂……

一串串的疑问在我的心里想，

一串串的疑问在你的唇边唱。

一团团命运的哑谜，

想也想不透，唱也唱不完……

…………

…………

啊，这真是一个病的地方，

到处都是病的声音 ——

天上哪里有彩霞飘扬，

只有灰色的云雾，阴沉，阴沉……

10 秋已经……

秋已经像是中年的妇人，

为了生产而憔悴，

一带寒江有如她的玉腕，

一心要挽住落日的余晖。

东方远远地似雾非烟，

遮盖了她的愁容，遮没了她的双肩，

她可一心一意地梦想，

梦想她少年的春天？

她终于挽不住西方的落日，

却挽住了我的爱怜，

爱怜里没有温暖的情味，

无非是彼此都感到了衰残。

但是秋啊，你也曾经开过花，

你也曾经结过果，

我的花儿可曾开过一朵，

我的果子可曾结过一个？

从此我夜夜叹息，

伴着那雨声淋淋……

从此我朝朝落泪，

望着那落叶纷纷……

从此我在我的诗册上，

写遍了阴沉，阴沉……

11 "Pompeii" ①

夜夜的梦境像是无底的深渊，

深沉着许许多多的罪恶；

朝朝又要从那深渊里醒来，

窗外的启明星摇摇欲落！

一次我在梦的深渊里，

走入了 Pompeii 的故墟，

摸索着它荣华的遗迹，

仿佛也看见了那里的卖花女子；

淡红的夕阳奄奄，

伴着我短叹长嘘。

这次的醒来，夜还不曾过半，

我听那远远的街心，

---

① 作者注：Pompeii，意大利古城，在维苏威山下，公元
79 年，维苏威火山爆发，全城湮没，18 世纪才又被发掘出
来。这里是一个酒馆的名字。

乞儿的琴弦还没有拉断。

我怀念古代的 Pompeii 城，
坐在一家叫作的 Pompeii 的酒馆里，
酒正在一杯一杯地倒，
女人们披着长发，唱着歌曲：
"喝酒吧！跳舞吧！
只有今宵，事事都由我们做主。
把灯罩染得血一样地红，
把烛光燃得鬼一样地绿！
明天呀，各人回到各人的归宿，
这里自然会成了一座坟墓。"
听这阴郁的歌声，
分明是世界末日的哀音，
一团团烟气缭绕，
可是火山又要崩焚？
崩焚吧，快快崩焚吧！
这里得罪恶比当年的 Pompeii 还深：

这里有人在计算他的妻子，
这里有人在欺骗他的爱人，
这里的人，眼前只有金银，

这里的人，身上只有毒菌，

在这里，女儿诅咒她的慈母，

老人在陷害他的儿孙；

这里找不到一点真实的东西，

只有纸做的花，胭脂染红的嘴唇。

这里不能望见一粒星辰，

这里不能发现一点天真。

我也要了一杯辛辣的酒，

一杯杯浇灭我的灵魂；

我既不为善，更不做恶，

忏悔的泪珠已不能滴上我的衣襟。

看这些男女都拥在一起，

在这宇宙间最后的黄昏。

快快地毁灭，像是当年的 Pompeii，

最该毁灭的，是这里的这些游魂！

明天，一切化成灰烬，

日月也没有光彩，阴沉，阴沉……

12 追悼会

不知不觉地，树叶都已落尽，

日月的循环，在我已经不生疑问；

我只把自己关在房中，空对着

《死室回忆》作者①的像片发闷。

忽然初冬的雪落了一尺多深，

似乎接到了一封远方的音信，

它从深睡中把我唤醒，

使我觉得我的血液还在循环，

我的生命也仿佛还不曾凋尽。

松花江的两岸已经是一片苍茫，

分明是早晨的雪，却又像是夜月的光，

我望不见岸北的楼台，

也望不清江上的桥梁，

空望着这还未结冰的江水，

"这到底是什么地方？"

"你不知道吗，

你可是当真忘记？

这里已经埋葬了你的一切的梦幻，

在那回中秋的夜里。

你看这滚滚不息的江水，

---

① 作者注：指陀思妥耶夫斯基。

早已把它们带入了海水的涛浪。

望后你要怎么样，

你要仔细地思量；

不要总是呆呆地望着远方，

不要总是呆呆地望着远方空想！"

啊，今天的宇宙，谁不是白衣白帽，

天空是那样地严肃，

雪在回环地舞蹈。

原来它们为了我

做一番痛切的追悼！

这里埋葬了我的梦幻，

我再也不愿在这里长久逡巡；

在这里的追悼会里，

空气是这样阴沉，阴沉……

13 尾声 [①]

此后我的屋窗便结了冰霜，

———————————

① 原题《"雪五尺"》。

我的心窗也透不过一点新的空气，

我像是一条冬天的虫，

一动不动地入了冬蛰。

"朋友啊，你这一月像老了一年。"

"老并不怕，我只怕这样长久地睡死。"

此后的积雪便铺满了长街，

日光也没有一点融解的热力，

我像是那街上的积雪，

一任命运的脚步踩来踩去。

"朋友啊，你这一月像老了一年。"

"老并不怕，我只怕这样长久地睡死。"

我不能这样长久地睡死，

这里不能长久埋葬着我的青春，

我要打开这阴暗的坟墓，

我不能长此忍受着这里的阴沉。

思量

1928

我要静静地静静地思量，
　　像那深潭里的冷水一样。
既不是源泉滚滚的江河，
不要妄想啊去灌溉田野的花朵；
又没有大海的浩波，
也不必埋怨这里没有海鸥飞没。

我要静静地静静地思量，
　　像那深潭里的冷水一样。
如果天气转变得十分阴凉，
自然会有些雨点儿滴在水上；
如果天上现出一轮太阳，
水面也不难沾惹上一点阳光。

我要静静地静静地思量，
　　像那深潭里的冷水一样。
尤其是当那人寂夜阑，
只有三星两星的微芒落入深潭；
我知道我的一切是这样地有限，

不要去渴望吧那些豪华的盛筵!

我要静静地静静地思量,

像那深潭里的冷水一样。

听——

1928

我的心里演奏着什么音乐，
我自己也不能说明，
也许是深秋的小河同落叶
低吟着一段旧日的深情，
也许是雷雨的天气
狂叫着风雨和雷霆：
你喜欢的是怎样的声息，
只要看你是怎样地一听！

如果你是一片淡淡的情绪，
它哀诉的声音便充满了凄清 ——
它说旧日也散布过爱的种子，
可是希望的嫩叶都已凋零……
如果你紧紧地向我的心房挨近，
像一轮烈日在地上熏蒸，
那么，风雨雷霆你便不难听见，
听出来一片新鲜的宇宙的呼声。

艰难的工作

1928

上帝啊给了我这样艰难的工作 ——
　　我的夜是这样地空旷，
　　正如那不曾开辟的洪荒：
他说，你要把你的夜填得有声有色！
　　从洪荒到如今是如此地久长，
　　如此久长的工作竟放在我的身上。
上帝啊给了我这样艰难的工作。

上帝啊给了我这样艰难的工作 ——
　　我一人是这样地赤手空拳，
　　我不知何处是工作的开端：
他只说，你要把你的夜填得有声有色；
　　我如果问何处是工作的开端，
　　他便板着面孔静默无言。
上帝啊给了我这样艰难的工作。

上帝啊给了我这样艰难的工作 ——

我一人在空旷的夜里彷徨；

我又去同一位朋友商量，

怎样才能把我的夜填得有声有色？

朋友说，我也完全同你一样，

一样地为了这个工作着慌。

上帝啊给了我这样艰难的工作。

上帝啊给了我这样艰难的工作 ——

我想利用过去的人们的成绩 ——

我想用山上的白塔将夜填起；

我一心一意地要从那里望出一些声色，

但是啊一切都是死沉静寂 ——

这个工作不容有一些儿顶替！

上帝啊给了我这样艰难的工作。

上帝啊给了我这样艰难的工作 ——

我又问了问夜半的风同夜半的河流，

吹的吹，流的流，把许多时光带走：

啊，我什么时候才能填满了声色？

身外的物不容我一点儿请求，

我空对着空旷的夜锁了眉头。

上帝啊给了我这样艰难的工作。

上帝啊给了我这样艰难的工作 ——

九万里的人们都在睡眠，

九万颗的星星向我无情地眨眠。

终于没有一缕的声音，一丝的颜色 ——

没有开端的工作便已沉入深渊，

没有工作的身躯为什么不化作尘烟？

上帝啊给了我这样艰难的工作。

夜半

1928

月光慢慢地迈进了玻璃窗，

屋内的一切都感到生命的欢狂。

月光慢慢地走到我的桌上，

桌上的文具都在那儿跳舞歌唱。

最先飞起的是那些雪白的稿纸，

一片片都飞到了屋顶，

它们一边飞一边说道：

"最该诅咒的是我的主人，

他从不曾在我的身上留下一些儿美好的痕迹！"

墨水瓶也喷泉一般地涌了出来：

"如果再不用我，我生命的力量已经无从发泄，

我要尽一夜的功夫把我的血液喷完，

明天，一个枯干的瓶子，留给他看！"

铅笔、毛笔同钢笔，

都站起来像是跳舞的少女；

它们说："这样的主人耽误了我们的青春，

在他身边我们唱不出一支迷人歌曲。"
信封也在桌角上长嘘短叹：
"我的绿衣裳已经变成了衰黄，
他从不曾把我送到那春风淡荡的花园
去游逛一趟！"——
最后他们都义愤填膺，
把一本厚重的哲学书推到地上：
"你这猫头鹰一般、阴私的老人，
把我们的主人害得死气沉沉！"——
………………………

月光慢慢地越过我的桌上，
桌上的文具都那样地跳舞歌唱。

我是怎样地担惊害怕，
月光不久啊就要走近我的床前 ——
快快地有块厚重的乌云吧，把它遮住，
我心上也需要盖上一层 —— 沉闷的睡眠！

月下欢歌

1929

不要诉苦了，欢乐吧，
圆月高高地悬在天空。
充满了无边的希望
在这无边的月色当中。
　　　"无边的月色，
　　　请你接受吧，
　　　我的感谢！"

我显示在她的面前的，
既不是白发老人，也不是婴孩，
是和她同时代的青年，
担负着同时代的欢乐和悲哀。
　　　"我们的时代，
　　　请你接受吧，
　　　我的感谢！"

她不是热带的棕色的少女，

也不是西方的金发的姑娘：
黄色的肌肤，黑色的眼珠，
我们在同一的民族里生长。
　　"我们的民族，
　　请你接受吧，
　　我的感谢！"

我从母亲的口里学会了朴素的语言，
又从许多人的口里学会了怎样谈话，
我大声唱出我的诗歌，
把美好的声音在一块儿融化。
　　"祖国的语言，
　　请你接受吧，
　　我的感谢！"

温暖的阳光把我培养，
我的枝叶向着天空伸长，

我愿在风雨里开放花朵，
在冰雪中忍受苦创。
　　"温带的气候，
　　请你接受吧，
　　我的感谢！"

我的灵魂是琴弦似地跳动，
我的脚步是江水般地奔跑，
我向着一切招手，
我向着一切呼叫：
　　"宇宙的一切，
　　请你们接受吧，
　　我的感谢！"

暮春的花园

1929

一

你愿意吗，我们一道
走进那座花园？
在那儿只剩下了
黄色的蘼芜没有凋残。

从杏花开到了芍药，
从桃花落到了牡丹：
它们享着阳光的照耀，
受着风雨的摧残。

那时我却悄悄地在房里
望着窗外的天气，
暗自为它们担尽了悲欢：

如今它们的繁荣都已消逝，

我们可能攀着残了的花枝

谈一谈我那寂寞的春天？

二

你愿意吗，我们一道

走进那座花园？

在那儿有曲径一条，

石子铺得是那样平坦。

我愿拾些彩色的石子

在你轻倩的身边；

我曾做过这样的游戏，

当我伴着母亲走到田间。

那时我的天空是那样晴朗，

白云流水都引起我的奇想；

从她死后，却只有黯淡的云烟。

如今的云烟又仿佛消散，

但童年的一切都已不见；

广大的宇宙中，你在我的面前。

三

你愿意吗，我们一道
走进那座花园？
我也不必穿着外套，
你也不必带着花环。

让春风吹进我们的胸脯，
荡荡地拂着我们的心田，
在心田上我们静静地等候
Amor 跑到这里来游玩。

我想，在你温暖的怀里，
比一切的花园都要美丽；
我的，却是沙漠一样地枯干。

我愿多多地落些泪珠，
来浸润我的心田，像是甘露，
准备着一条彩虹显在天边。

南方的夜

1929

我们静静地坐在湖滨，
听燕子给我们讲南方的静夜。
南方的静夜已经被它们带来，
夜的芦苇蒸发着浓郁的情热。——
　　我已经感到了南方的夜间的陶醉，
　　请你也嗅一嗅吧这芦苇中的浓味。

你说大熊星总像是寒带的白熊，
望去使你的全身都感到凄冷。
这时的燕子轻轻地掠过水面，
零乱了满湖的星影。——
　　请你看一看吧这湖中的星象，
　　南方的星夜便是这样的景象。

你说，你疑心那边的白果松
总仿佛树上的积雪还没有消融。
这时燕子飞上了一棵棕榈，

唱出来一种热烈的歌声。——
　　请你听一听吧燕子的歌唱，
　　南方的林中便是这样的景象。

总觉得我们不像是热带的人，
我们的胸中总是秋冬般的平寂。
燕子说，南方有一种珍奇的花朵，
经过二十年的寂寞才开一次。——
　　这时我胸中觉得有一朵花儿隐藏，
　　它要在这静夜里火一样地开放！

等待

1930

在我们未生之前，
天上的星，海里的水
都抱着千年万里的心
在那儿等待你。

如今一个丰饶的世界
在我的面前，
天上的星，海里的水，
把它们等待你的心
整整地给了我。

无眠的夜半

1933　在这疲倦的无眠的夜半，
　　　总像远方正有个匆忙的使者，
　　　不分昼夜地赶他的行程。

　　　等到明天的清早刚一朦胧，
　　　他便跑到我的门前，
　　　指着我的姓名呼唤。

　　　他催我快快地起来，
　　　从这张整夜无眠的空床；
　　　他说，我现在有千山万水须行！

　　　我不自主地跟随他走上征途，
　　　永离了这无限的深夜，
　　　像秋蝉把它的皮壳脱开。

歌

1934　　　　看许多男人的睡相
　　　　　　都像是将爆未爆的火山，
　　　　　　为什么都这般坚忍
　　　　　　不把火焰喷向人间？

　　　　　　哪座山不会爆裂，
　　　　　　若不是山影浸入湖面？
　　　　　　若没有水一般女人的睡眠，
　　　　　　山早已含不住了它的火焰。

给秋心（四首）①

1937

一

我如今知道，死和老年人

并没有什么密切的关联；

在冬天，我们不必区分

昼夜，昼夜都是一般疏淡。

反而是那些黑发朱唇

时时潜伏着死的预感；

你像是一个灿烂的春

沉在夜里，宁静而阴暗。

---

① 原题《给几个死去的朋友》，收入《十四行集》初
版时改题为《给秋心（四首）》。秋心即现代作家梁遇春
（1904—1932），笔名秋心。

二

我们当初从远方聚集
到一座城里，好像只有
一个祖母，同一祖父的
血液在我们身内周流。
如今无论在任何一地
我们的聚集都不会再有，
我只觉得在我的血里，
还流着我们共同的血球。

三

我曾经草草认识许多人，
我时时想一一地寻找；
有的是偶然在一座森林
同路走过僻静的小道，
有的同车谈过一次心，
有的同席间问过名号……
你可是也参入了他们
生疏的队中，让我寻找？

四

我见过一个生疏的死者，
我从他的面上领悟了死亡；
像在他乡的村庄风雨初过，
我来到时只剩下一片月光 ——
月光颤动着在那儿叙说
过去风雨里一切的景象。
你的死竟是这般静默
静默得像我远方的故乡。

歧路

1943

它们一条条地在面前
伸出去，同时在准备着
承受我们的脚步；
但我们不是流水，
只能先是犹疑着，
随后又是勇敢地
走上了一条，把些
其余的都丢在身后 ——
看那高高的树木，
曾经有多少嫩绿的
枝条，被风雨，被斤斧
折断了，如今都早已
不知去处。

朋友们，
我们越是向前走，
我们便有更多的
不得不割舍的道路。

当我们感到不可能，
把那些折断的枝条
聚起来，堆聚成一座
望得见的坟墓，
　　　　　我们
全生命无处不感到
永久的割裂的痛苦。

我们的时代 ①

1943　　　将来许多城都变了形体，

　　　　　许多河流也改了河道，

　　　　　人人为了自己的事物匆忙，

　　　　　早已忘记了我们：万一

　　　　　想到我们，便异口同音地

　　　　　说一声："那个艰苦的时代。"

　　　　　这无异遮盖了我们种种的

　　　　　愁苦和忧患，只给我们

　　　　　披上一件圣洁的衣裳。

　　　　　我们从将来的人们的口里

　　　　　领来了这件衣裳，也正如

　　　　　古人从我们口里领去了——

　　　　　我们现在不是还常常

　　　　　提起吗，从前有过一个

---

① 原题《时代的诗》，收入《十四行集》初版时改题为
《我们的时代》。

洪水的时代。
          一个海边的
热闹的市镇，在前几天
还挤满了人，市集散后
满街上还撒遍了鱼鳞。
但现在忽然这样寂静了，
街上遇不见一个行人，
家家的房屋都空空锁起，
好像是刚刚发掘出来的
一座古城。"是一个结束，
是一个开始，"正这样想时，
对面出现了一队兵士，
他们把这个市镇接过来，
像一个盛得满满的水盆，
像一块散开便收不起来的
水银，他们无时不在准备
抵御敌人最初的来袭。
一样的面容，一样的姿态，
化成一个身体。如今六年了，
那市镇化成无数的市镇，
无论我想到地球上哪一块
地方，便感到那市镇的寂静，

同时在我面前也走来了
那一队兵士。
　　　　一座偏僻的
小城，承受了从未有过的
繁荣，从大都市里来的
人们给它带来了鼓舞，
也带来了惊慌和恐怖。
在一个熙熙攘攘的清晨，
欢欣正浮在人人的面上，
忽然在天空响起沉重的
机声，等到人们感到时，
四五个死者已经横卧
在街心，他们一样的面容，
一样的姿态，化成一个身体。
惊慌和恐怖从一切隐秘的
角落里涌出，立即湮没了
这座城市，繁荣也随着
商店里陈列的物品收敛。
六年了，这小城化成无数的
小城，只要我想到地球上
任何一个城市，我就仿佛
看见在它的街头横卧着

那几个死者。

　　如今六年了，
我们经验了重重的忧患、
无限的愁苦，还有一些人
表露出从来不曾有过的
丑恶的面目，让我们的心
这样狭窄；但我们一想到
那一队兵士，那几个死者，
他们便圣水似地冲洗着
我们的心，让我们感到
无边的旷远。

　　在这一次的
洪水里我们宁肯沉沦，
却不愿意羡慕有些个
坐在方舟里的人，我们
不愿让什么阻住了我们的
视线，不要让什么营养着
我们的抱怨。有多少生命、
多少前代的遗产，它们都
像树叶一般，秋风来了
便凋落，并没有一声叹息。
我们珍惜这圣洁的衣裳，

将来有一天，把它脱下来
折好，和一个兵士那样，
正直地经过许多战阵，
最后把他的军衣脱下，
这时内心里感到了饥饿——
向着眼前的休息，向着
过去的艰苦，向着远远的
崇高的山峰。
　　　　我们到那时
将要拥抱着我们的朋友说：
"我们曾经共同分担了
一个共同的人类的命运。"
我们也将要共同欢迎着
千百万战士健壮的归来，
共同埋葬几千万死者，
我们却不愿意听见几个
坐在方舟里的人们在说：
"我们延续了人类的文明。"

招魂

1945　　　　　　　呈于"一二·一"死难者的灵前

"死者，你们什么时候回来？"
我们从来没有离开这里。
"死者，你们怎么走不出来？"
我们在这里，你们不要悲哀，
我们在这里，你们抬起头来——

哪一个爱正义者的心上没有我们？
哪一个爱自由者的脑里忘却我们？
哪一个爱光明者的眼前看不见我们？

你们不要呼唤我们回来，
我们从来没有离开你们，
咱们合在一起呼唤吧——

"正义，快快地到来！

自由，快快地到来！

光明，快快地到来！"

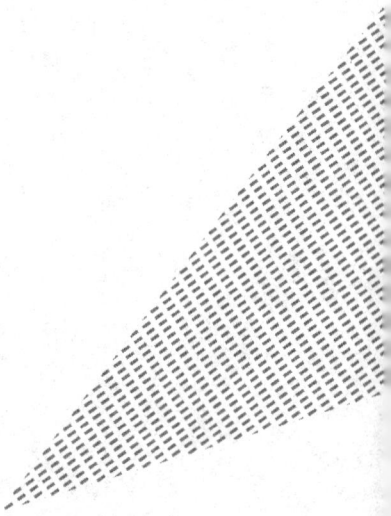